【 名 家 诗 歌 典 藏 】

汪国真诗精选

汪国真 著

长江出版传媒　长江文艺出版社

图书在版编目（CIP）数据

汪国真诗精选 / 汪国真著. -- 武汉:长江文艺出版社,
2022.4（2022.12 重印）
（名家诗歌典藏）
ISBN 978-7-5702-2451-7

Ⅰ.① 汪… Ⅱ.① 汪… Ⅲ.① 诗集－中国－当代
Ⅳ.①I227

中国版本图书馆 CIP 数据核字(2021)第 224686 号

汪国真诗精选
WANGGUOZHEN SHI JINGXUAN

责任编辑：雷 蕾　　　　　　责任校对：毛季慧
封面设计：颜森设计　　　　　责任印制：邱 莉 胡丽平

出版：长江出版传媒　长江文艺出版社
地址：武汉市雄楚大街 268 号　　邮编：430070
发行：长江文艺出版社
http://www.cjlap.com
印刷：长沙鸿发印务实业有限公司

开本：880 毫米×1230 毫米　1/32　印张：6.75　插页：8 页
版次：2022 年 4 月第 1 版　　　2022 年 12 月第 2 次印刷
行数：3200 行

定价：38.00 元

目 录

辑一　在往事潋滟的波光上

辑三　淡淡的云彩悠悠地游

在往事潋滟的波光上

在　往　事　潋　艳　的　波　光　上

在往事潋滟的波光上

走过花期
生命就不再是一张
没有涂抹过的纸
在往事潋滟的波光上
记忆曾经与黯淡和辉煌相识

那是一种向往
和平鸽衔着橄榄枝
真实的生活
却仿佛是一条
琳琅满目的街市

不如意的时候
不必匆忙向恨你或者
爱你的人解释
只要是波涛
潮落自有涨潮时

光阴的对话

谱一支歌
一支遥远的歌
喜欢歌的人
不会寂寞
写一幅字
一幅飞扬的字
那播撒下的
是年华的种子
画一张画
一张传世的画
画里画外
那是光阴的对话

伤

划破了的伤口
要不了太久就可以愈合
心灵的创伤
需要平复的时间更长
最响的是没有声音的响
最痛的是没有伤口的伤

当我们不再那样年轻

当我们不再那样年轻
才发现我们的心原本相通
当年，缺的只是一次表白
难道说那仅仅是为了慎重

岁月不可以重来
生活也不可以再做安排
从前的失误
从此便成了心中永远的痛

人生有时竟是这样无奈
错过了的竟是最美的风景
遗失了的竟是最纯真的感情

慈母心

半是喜悦
半是悲哀
最难与人言的
是慈母的情怀
盼望果子成熟
成熟了
又怕掉下来

给父亲

你的期待深深
我的步履匆匆
我知道
即使步履匆匆
前面也还有
太多的荆棘
太远的路程

涉过一道河
还有一条江
翻过一座山
还有一架岭
或许
我就是这跋涉的命
目标永远无止境
有止境的是人生

过去的岁月

过去的岁月
总也难以忘怀
不能忘怀
是因为我们付出了爱

铃兰花开的时候
我们欢笑着跑过去
白毛风吹来的日子里
我们咬紧牙关挺过来

不论今天
我们在哪里相聚
或在哪里分手
忆及往昔
总忍不住
滚滚热泪　濡湿襟怀

故乡

有一片繁茂的老榕树
总是让我向往
还有那海风
和海风梳理过的灯光
我的记忆
常常走不出
那条蔚蓝色的走廊
走廊里
银灰色的海鸟在飞翔
汹涌的潮水
像时代一样涌来
又像历史一样退去
涌来退去
都敲打着心灵的门窗
门窗訇然而开
里面悬挂着的是
太阳金色的肖像

过去

过去
是什么

过去是路
留下蹒跚的脚步无数

过去是雾
近的迷蒙　远的清楚

过去是湖
回忆，是掠过湖面的白鹭

古剑

岁月流去了
流不去的是一身锋芒
还是昆仑凝雪
还是南海波光
依稀中原逐鹿古战场

把杯举起来
把月挑起来
把剑舞起来
愿人生如剑
立起——寒光四射
躺倒——四射寒光

忘不了你

手挡不住雨
我忘不了你
我们是钥匙和锁
失去一方
另一方便显得没有意义
从来　爱情也能创造奇迹
就像蛹儿脱掉丑陋的外衣
舒展斑斓的蝶翼
对于你　我格外珍惜
是因为我愿看到遍野绿色
而不是一片疮痍

旧地

往事已久远
一片旧地
使往日变得新鲜

阳光用手
清风用心
托起了记忆的花篮

思念如绿叶
渐渐舒展
这一夜
与星星相望醉眼

咖啡与黄昏

用小匙搅拌
咖啡
是在调一种温馨
用眼睛凝视
夕阳
是在体验一种悲壮

咖啡
调好了
心
散发出清香
夕阳
把浪涛吞没了
泪
早已流成了诗行

母亲的爱

我们也爱母亲
却和母亲爱我们不一样
我们的爱是溪流
母亲的爱是海洋

芨芨草上的露珠
又圆又亮
那是太阳给予的光芒
四月的日子
半是烂漫　半是辉煌
那是春风走过的地方

我们的欢乐
是母亲脸上的微笑
我们的痛苦
是母亲眼里深深的忧伤
我们可以走得很远很远
却总也走不出母亲心灵的广场

缅怀

生命总要呈现灰色
永远新鲜的是岁月的河
别悲哀　同夕阳一道消逝的
是我的身影
如果你理解大地的沉默
也就理解了我

拥有时光的时候
还不知道怎样珍惜
懂得珍惜的时候
光阴已不太多
年轻的时候　也曾渴望安逸
年老的时候　总是怀念漂泊
生活并不都是欢乐
回忆却是一首永恒的歌

那把伞

不是所有能遮住雨的
都是伞
那无语的是树
淡漠的是屋檐

有谁能伴我
四方漂流呢
为了寻找那把伞
有好些人
在风雨中
竟跋涉了　很多很多年

名家诗歌典藏

青春时节

当生命走到青春时节
真不想再往前走了
我们是多么留恋
这份魅力和纯洁

可是不能呵
前面是鸥鸟的召唤
身后是涌浪般的脚步
和那不能再重复一遍的岁月

时光那么无情
青春注定要和我们诀别
时光可也有意啊
毕竟给了我们
璀璨的韶华和炽热的血液

我们对时光
该说些什么呢
是尤怨
还是感谢

青春的风

我不在乎多少梦幻已经成空
我不在乎多少追寻都成泡影
在春天的季节里　谁愿意是
醉生梦死　梦死醉生
山峰挡不住我　河流挡不住我
噢　一往无前
我是青春的风

我不满足已经获得的骄傲
我不满足已经赢得的光荣
在年轻的心灵里　谁不愿意
明明白白　清清醒醒
鲜花留不住我　掌声留不住我
噢　一如既往
我是青春的风

春天是生长故事的季节

春天是生长故事的季节
和故事一起翩飞的
是美丽的彩蝶
有的故事那么纯洁
你可知道
因为滋润这故事的
是昨日的雪

即使有一天
从前走过的小路
已变得荒芜
苔藓已绿了台阶
可是记忆之花不会凋落
它会绽放在有雨或无雨的
日日夜夜

人在冬天

尽管春天很美丽
可有时候
我还是想回到从前去
回到那白雪飘飘的日子里

捧那晶莹的雪
吸那清凉的空气
在寒风凛冽的时候
就围在暖洋洋的炉火旁
烤着红薯　忆往昔

人在冬天
总是没有距离

岁月，别怪我太挑剔

我静静望着季节变来变去
有时不禁拉开记忆的抽屉
总是不满意已有的那些收藏
岁月呵别怪我太挑剔

我不想向清风诉说
选择有时候是那么身不由己
我不想向皓月告白
心愿有时候也会被风暴扭曲
我不会因为海棠花的枯萎
便把生命看得毫无意义
我不奢望每一个日子都理解我
像青草理解露珠　芭蕉理解雨
我过去是怎样
走过去　还会怎样走下去

无题

我可以拒绝一切
却无法拒绝寂寞
如果有人背叛你
总是在落魄的时刻

也会有人送来慰藉
如天国降临的使者
在无法报答的日子里
只有默默地记着

春寒时节不说
秋雨时节不说
真待说时
不见花开　只见花落

弯弯

弯弯的小径
淌着弯弯的月光
弯弯的晚风
跑来把弯弯的思绪擦亮

你，弯弯
生出一朵羞涩
我，弯弯
弹出一串爽朗

弯弯，弯弯
小径
缀满金色的音符
弯弯，弯弯
月光
流溢迷人的芬芳

告别，不是遗忘

我走了
不要嫌我走得太远
我们分享的
是同一轮月亮

雨还会下
雪还会落
树叶还会沙沙响

亲爱的
脚下可是个旧码头
别在上边
卸下太多的忧伤
告别，不是遗忘

生活常是这样

心冷的时候
你会觉得每一个
季节都凉
星星仿佛是冰做的光

其实　大地并非那样寒冷
否则
檫树怎么会摇动
满目清香

生活常是这样
你所失去的
命运会以另一种方式补偿
桂花枯萎的时候
菊花又亮新妆

别亦成伤

聚已成痛
别亦成伤
时间的流水
把感情侵蚀得
不成模样

还是春天
枝头已找不到
从前的鹅黄
还是春水
仿佛只有落寞
在静静地流淌

自古人生
多憾事
聚怎能不痛
别如何不伤

记忆永远年轻

因为有你同行
我记住了这处不知名的
风景
我爱上这里每一条溪水
和吹拂心灵绿色的风

许多著名的景色
因着岁月的久远都淡忘了
而这普普通通的小径
却常常蜿蜒在闪亮的眼眸中
生命可以苍老
而记忆永远年轻

你在回忆

你在回忆幸福
是否因为现在的痛苦
是否蓦然发现要引经据典
却忘了出处

你在回忆年少
是否因为现在的老
英雄暮年
是否只有在回忆中
你才能找回往日的
风采与骄傲

你在回忆初恋
是否因为现在的孤单
当你站在秋风里
是否在感伤那落叶片片

你在回忆中度日
你真的老了

老到只拥有回忆
那满天的雪花
也成了飞舞的碎纸

小城

小城在梦里
小城是故乡
小城的石径弯弯
小城的巷子长长

小城没有
烟囱长长的叹息
小城没有
声音汹涌的波浪

小城的旋律是潺潺的
小城的空气是蓝蓝的
小城是一位绣花女
小城是一个卖鱼郎

心中的玫瑰

为了寻找你
我已经是　伤痕累累
青春的森林真大啊
你的声音　又太轻微

眼睛还燃烧着渴望
心已是很憔悴
真想停下来歇一歇
怎奈岁月如流水

星星在每一个夜晚来临
候鸟在变幻的季节回归
我却不知
该是等待你　还是寻找你
——心中的玫瑰

校园的小路

有幽雅的校园
就会有美丽的小路
有美丽的小路
就会有求索的脚步

忘却的事情很多很多
却忘不掉这条小路
记住的事情很多很多
小路却在记忆最深处

小路是条河
流向天涯
流向海角
小路是只船
驶向斑斓
驶向辉煌

叶子黄的时候

别把头低
别把泪滴
天空没有力量
需要我们
自己把头颅扬起

生活不总是宽敞的大道
任你漫步
任你驰骋
每个人都有自己
泥泞的小路　弯弯曲曲

春天的时候
你别忘记冬天
叶子黄的时候
你该记起绿

夜雨敲窗

夜雨敲窗　夜雨敲窗
今夜的雨比往日多了惆怅
身上感觉到冷
是因为心里有点儿凉
在乍暖还寒的日子里
总是渴望萱草一样的目光

向往高处
高处有连绵不绝的风光
可高处风也很大呵
很大的风里　难以握住安详

夜雨敲窗　夜雨敲窗
清愁和清爽一样悠长

日子

总是觉得日子这样简单
走过去的道路那么平凡
没有几多悒郁　可以铭记
也没有多少欣喜　值得流连
秋色萧索复萧索
春光烂漫又烂漫

即便如此　我又怎么能
——忘却从前
即便如此　我又怎么能不
——向往明天
希望在不断的寻找中失去
憧憬在不断的失去中再现

只要明天还在

只要青春还在
我就不会悲哀
纵使黑夜吞噬了一切
太阳还可以重新回来

只要生命还在
我就不会悲哀
纵使陷身茫茫沙漠
还有希望的绿洲存在

只要明天还在
我就不会悲哀
冬雪终会悄悄融化
春雷定将滚滚而来

自爱

你没有理由沮丧
　　为了你是秋日
彷徨

你也没有理由骄矜
　　为了你是春天
把头仰

秋色不如春光美
春光也不比秋色强

给友人

不站起来
才不会倒下
更何况
我们要去浪迹天涯
跌倒是一次纪念
纪念是一朵温馨的花
寻找　管什么日月星辰
跋涉　分什么春秋冬夏
我们就这样携着手
走呵　走呵

你说，看到大海的时候
你会舒心地笑
是啊　是啊
我们的笑　能挽住云霞

可是，我不知道
当我们想笑的时候
会不会
却是　潸然泪下

举杯

我们为相遇
举起晶莹的酒杯
却不知过去的生活
其实就是这次邂逅的准备
夜，张开黑色的帷幕
月，洒下温柔的清辉
雾袅袅
风微微
涌进心头的是潮水
溢出眼眶的是眼泪

昨天，我们各自
形影相吊
在小路上彷徨
今天，我们手携手
在星光下与清风共醉

人生啊
有多少痛苦

就会有多少欢乐
给你多少磨砺
就会给你多少珠贝

我想

这里舞蹈着一片荒草
这里是瘦骨嶙峋的荒凉
谁能想到
这里曾是姹紫嫣红
鲜花开遍的地方
如今这里却成了
缅怀往事的橱窗
曾经多么神采焕发你的脸庞
曾经多么美轮美奂你的霓裳
如今只能在记忆或梦幻里
找到你从前的容光
好在种子还在　花籽还在
我想　若干年后
这里定能看到一片鹤影荷塘

我心静如常

世态难免有炎凉

只求我心静如常

如此　风来何妨

无风怎知什么叫清爽

如此　浪来何妨

无浪怎知我豪放

我们在生活中学会坚强

因为坚强

我们百炼成钢

想象

那不是
纤细的手指
那是流淌的琴声

那不是
流淌的琴声
那是空谷的鸟鸣

那不是
空谷的鸟鸣
那是苏醒的早晨

那不是
苏醒的早晨
那是一个女孩沉思的倩影

把夜还给我

从小巷走上大街
让关闭已久的心扉
打开快要锈蚀的锁
路灯已然害了肝病
还立在那儿履行职责

星星亮成棋子
霓虹灯
像歹徒一样闪烁
车很多
人很多
懒成了水泥柱上的灰蛾
情绪，瞬间被碾成破碎的瓦砾
心，变得很沉默
沉默中
真想喊一声
——把夜还给我

走向远方

走 向 远 方

走向远方

是男儿总要走向远方
走向远方是为了让生命更辉煌
走在崎岖不平的路上
年轻的眼眸里装着梦更装着思想
不论是孤独地走着还是结伴同行
让每一个脚印都坚实而有力量

我们学着承受痛苦
学着把眼泪像珍珠一样收藏
把眼泪都贮存在成功的那一天流
那一天
哪怕流它个大海汪洋

我们学着对待误解
学着把生活的苦酒当成饮料一样慢慢品尝
不论生命经过多少委屈和艰辛
我们总是以一个朝气蓬勃的面孔
醒来在每一个早上

我们学着对待流言

学着从容而冷静地面对世事沧桑

"猝然临之而不惊

无故加之而不怒"

这便是我们的大勇

我们的修养

我们学着只争朝夕

人生苦短

道路漫长

我们走向并珍爱每一处风光

我们不停地走着

不停地走着的我们也成了一处风光

走向远方

从少年到青年

从青年到老年

我们从星星走成了夕阳……

向往的境界

晚风拂过
竹叶簌簌作响
半个爬上来的月亮
印在了地上
大自然就有这样的神奇
让不懂艺术的人
也能够欣赏

这真是令我
心驰神往的境界
像竹一样生存
像月一样宁静
像夜一样安详

真想

真想为你做点什么
因为　我总觉得所欠太多
你仿佛是结满浓荫的枝柯
遮蔽着我　一个疲惫的跋涉者

真想回报你以温暖
我却不是太阳
真想回报你以雨水
我又不是云朵

真想了却的心愿不能了却
这不只是遗憾　也是折磨

欣赏

有一种旋律古色古香
有一种情调水远山长
有一种语言箫音筝骨
有一种风景过目难忘

有一种黄昏菊魂兰魄
有一种妩媚穿透时光
有一种风格剑胆琴心
有一种人生不同凡响

请把那月光收藏

黄昏不知不觉弥漫了思绪
孤独的人
请眺望那滑落的夕阳

秋雨忽轻忽重敲打着惆怅
忧伤的人
请抓住那风的翅膀

溪水无声无息流到了心上
沉思的人
请写下你隽永的辞章

云朵时隐时现飘荡着悲伤
不幸的人
请把那月光收藏

心中的诗和童话

雪轻轻落下
那是多少人心中的
诗和童话
这是开得最短暂
也是开得最多的花啊
凉凉的
却不知温暖了
多少心灵的家

春的请柬

既然眼睛已经长得很高
既然思绪已经染得很蓝
既然感情已经变得很暖
那就张开翅膀飞吧
飞出四季做的茧

既然嫌夏天太绿
既然嫌秋天太黄
既然嫌冬天太白
那就发一张请柬吧
——邀请春天

倾听寺院的钟声

庙宇因为有佛
便高出了一切大厦
无论怎样尊贵的头颅
在这里也曾悄悄低下
更无须说不论怎样的山高水远
也不能动摇朝拜者的步伐
那四季不灭的香火
飘浮着最虔诚的表达

我来这里
并不是为了诉说
而是面对那金色的庄严
我会感到心灵的净化
于是，在城市的喧嚣中
我常常向往
倾听寺院那悠远的钟声
一下　一下

冬天

冬天不是死亡

只是生命的一次退让

在雪压冰欺的泥土下面

椴树的根须仍汲取着

大地的琼浆

金钟花也没有死

它正应和着古老的节奏

积蓄着力量

当四月响起了铃铛

看吧　依然是水苍苍　山莽莽

都市风景

森林里散发着好闻的松脂味
远远望去
薄雾裹着的小木屋
宛若一首诗

淙淙的溪水
像日子一样从树梢上流走
活泼的松鼠
使林子更宁静

没有污染的地方
是心灵最好的栖息地
没有污染的心灵
是都市最美丽的风景

鼓浪屿

携着夕阳所有恋情
步入你风姿绰约的身影
在你的怀抱里
月儿也香
琴声也亮
海浪也多情

向你走来的
都是你的恋人
离你而去的
都是你的情人
如果思念宛如秋叶
一片片落下
那么怀想定如春花
一簇簇萌生

走近你时
真怕有一天要远离你
欲厮守你时

又不愿失却了男儿豪情

你啊你

折磨我的心

一会儿

如白帆般轻松

一会儿

如波涛般沉重

我干吗不快乐

谁都会有
不被理解的苦恼
既然谁都会有
我又何必祈祷

谁都会有
遇到烦心事的苦闷
既然谁都会有
我又何必伤神

谁都会有
被人误解的委屈
既然谁都会有
我又何必让心哭泣

谁都会有
遇到喜事的快乐
既然谁都会有
我干吗不快乐

海之子

开始是喜欢大海
后来是喜欢你了
有着大海的气息
还拥有大海所没有的
善解人意和顽皮

木船悬挂着期望出海
螺号里起伏着蔚蓝色的呼吸
大海　螺号和白帆孕育的孩子啊
坦荡　自然而纯洁
令活得很累的我们
不仅欣赏　而且着迷

蝴蝶

蝴蝶是会飞的花朵
动人得使芬芳失色
尽管后来成为标本
它的身影
依然在记忆中轻盈飞过

美丽有一种力量
使人心变得脆弱
人心有一种美丽
胜过了聪睿与深刻

黄昏的小路

我们总是在黄昏
放慢了脚步
踏上了小路
小路好长好长
仿佛永远没有结尾
只有序幕

没有一条道路
我们能走得这样耐心
这样幸福
走了很远很远
小路依然如故
你我却已不是当初

含笑的波浪

我不想追波
也不想逐浪
我知道
这样的追逐
永远也赶不上

我只管
走自己的路
我就是
——含笑的波浪

寂静的山野

桦树林还有雪还有月
马和雪橇的影子
如舒伯特笔下滑行的音阶
远方村庄的灯火明明灭灭
猎人留恋山野

山野很寂静
一条溪水的声音也能
流得很远很远
昭示季节
清冽的水面上
漂浮着一片落叶

江南雨

江南也多晴日
但烙在心头的
却是　江南的
濛濛烟雨

江南雨　斜斜
江南雨　细细
江南雨斜
斜成檐前翩飞的燕子
江南雨细
细成荷塘浅笑的涟漪

江南雨
是阿婆河边捣的衣
江南雨
是阿妈屋前春的米
江南雨
是水乡月上柳梢的洞箫
江南雨

是稻田夕阳晚照的竹笛

江南雨里

有一把圆圆的纸伞

江南雨外

有一个圆圆的思绪

江南雨有情

绵绵得使江南人不想离别

江南雨有意

密密得使外乡人不愿归去

我心灵的天空蓝了

大雁从天上飞过
是为了追寻远方的云朵
小河从桥下流过
是为了寻找大海的浪波
骏马从草原奔过
是为了找到驰骋的感觉
你从烂漫的季节走过
让我心灵的天空蓝了

假日

把一块蓝布
铺在青春的草地上
我们的眼睛
闪动着快乐的光芒
风暖暖地吹
蜜蜂在鲜花丛中
旋律一样徜徉

鸟儿
迅疾地从空中掠过
炫耀着矫健的翅膀
小道上　孩子用童心
摇响了手中的铃铛
游人
把心留给了自然
就像游子把思念留给了故乡

看海去

走呵
让我们看海去
为了实现那个蓝色的梦想
也为了让年轻的心
变得更加坦荡和宽广

在海边
哼一支心底的歌
有浪花轻轻伴唱
属于我们的
永远是欢乐　　不是忧伤

面对波涛滚滚的大海
该遗忘的遗忘
该畅想的畅想
海岸边伫立的不是夕阳
——是我们
我们心里盛满的不是死水
——是波浪

旅行

凡是遥远的地方
对我们都有一种诱惑
不是诱惑于美丽
就是诱惑于传说

即使远方的风景
并不尽如人意
我们也无须在乎
因为这实在是一个
迷人的错

到远方去　到远方去
熟悉的地方没有景色

旅伴

这一次握别
就再也难以相见
隔开我们的不仅有岁月
还有风烟

有一缕苦涩
萦绕心间
迎着你是雾一样的惆怅
背过身是云一样的思念

命运，真是残酷
为什么？　我们只能是旅伴

名家诗歌典藏

秋景

枯叶旋转着
敲打着窗棂
北风呜咽着
为远去的岁月送行

阳光仍是那么浪漫
泼洒了一地笑声
郊野走着一个人
抬头瞧瞧落叶
低头望望天空

青檀树

青檀树花开的时候
是我的生日
青檀树生长的地方
也生长诗

青檀树
长得很高很朴素
浅灰色的树皮
后来成了
董其昌和张大千
笔下的宣纸
青檀树下
是北方的土地
青檀树上
是南方的风
青檀树里
有我生长的影子

秋

秋天常常令人伤怀
因为那里有一份生命的无奈
萧瑟更加重了这种气氛
思潮不由在落叶中徘徊

自古有多少寂寞的人伤秋
望河水飘枯叶一年又一年
自古有多少伤秋的人寂寞
看天空飞疾鸟一载复一载

我说，秋是有一种悲
可那是悲壮　不是悲哀
我说，秋是一阵风
可那不仅有风沙　更有风采

我们生活在音乐中

你的到来
是一次最令人炫目的降落
从此　心灵便不再漂泊
从那天起
我们便生活在音乐中
旋律起伏跌宕
那是一首四三拍的曲子
名字叫春之歌

我们并不常见
思绪总被思念牵引着
没有认识你之前
只知道什么叫孤独
认识你之后
才知道什么叫寂寞
我们乘着爱情的小船远航
风浪是沐浴的风浪
颠簸是陶醉的颠簸

山高路远

呼喊是爆发的沉默
沉默是无声的召唤
不论激越
还是宁静
我祈求
只要不是平淡

如果远方呼喊我
我就走向远方
如果大山召唤我
我就走向大山
双脚磨破
干脆再让夕阳涂抹小路
双手划烂
索性就让荆棘变成杜鹃
没有比脚更长的路
没有比人更高的山

手帕飘成了云彩

绿草如茵
巨松如盖
在通往寺庙的山路上
我们停下来

蜻蜓在阳光下逡巡
树叶在微风中摇摆
一阵突来的山风
卷走了你张开的手帕
手帕在温暖的注视中
飘成了云彩

四季

凉风　惊落无数叶
一时满地皆黄
生命　总是在无奈的时候
才发现难以同规律对抗

白雪　迎着晨光
怀着恐惧和渴望
惊蛰　在冷雨中吟哦黄昏
不禁生出对浓荫的遐想

天籁

鹿群是森林的旋律
天鹅是湖水的风光
自然是心灵之花
含有富丽　绽也堂皇

别得了喧嚣
怎别得了那夏日幽篁
最悦人处
是那山一道　水一行

问远方

望天上云卷霞飞
看地上小桥流水
有一件心事不知说与谁听
问远方的人何时回归

走过了春花秋月
经过了冷风寒霜
有一件心事谁人能懂
问远方的人何时重逢
何时回归　何时重逢
共采西山枫叶红

我们一同回家吧，夕阳

走向郊外
去寻远古的空旷
可是期望
早已被时光掠去
旋花与百合，只是相像

一位画家
在那里准备装饰墙上的
画框
枝头上的小鸟
仿佛在唱着吉祥

我的思绪
在变得已朦胧的风中飘荡
我们一同回家吧
——夕阳

我乘着风儿远游

我乘着风儿远游
恨不得走到天涯尽头
再好的地方待得太久
也能够让人发愁

我不想在热闹中感受寂寞
我不想在欢乐里生出烦忧
我愿意走向自然
喝风成餐　饮雨如酒
噢，我乘着风儿远游
远游　远游　不回头

我把小船划向月亮

请不要责怪我
有时　会离群索居
要知道
孤独也需要勇气

别以为　有一面旗帜
在前方哗啦啦地招展
后面就一定会有我的步履
我不崇拜
我不理解的东西

我把小船划向月亮
就这样划啊
把追求和独立连在一起
把生命和自由连在一起

我能告诉你的

别问我从哪里来
我把梦　已留给了
昨日的山岚
从前的日子　一言难尽
我能告诉你的是
——不是春天

别问我往哪里去
我把思念　托付给了
明日的白帆
未来的追寻　千言万语
我能告诉你的是
——只有春天

我并不孤独

我并不孤独
有忧伤为我祝福
走在梦一般的大森林里
我迷了路
眼前是一片轻柔的薄雾

阳光透过茂密的枝叶
心弹响金色的鼓

哪里是我回家的小径
问枝头的小鸟
也问脚下的泥土

我携着色彩而来

当我走来的时候
这里便多了一处风景

我不是携着蓝色
走向海洋
蓝色
已成不了海洋的风景

我不是携着绿色
走向草原
绿色
已成不了草原的风景

我不是携着红色
走向山丹丹盛开的地方
红色
已成不了山丹丹盛开的地方的风景

我携着色彩而来
来了，便是一片清新

更把琴声抚向夕阳

长风　掠过黄昏里的湖面山坡
宁静的心
不禁被风吹得一波三折
自然的美
是一种所向披靡的扫荡
她根本用不着
为了征服　先遣使者

站在湖畔
看能否依稀有些
青山的风格
更把琴声抚向夕阳
一任心灵的城堡
无声地陷落

雪

在一个透明的早晨
北方
一扇橘红色的玻璃窗
被一阵阵孩子们的喧闹声
敲响
那个少女　醒来
窗外　已是一片白茫茫
她兴奋地跳起
让睡裙旋成一朵莲花
拉开房门
怀着一个少女的全部喜悦
她奔走在晶莹闪亮的大地上

冰雪覆盖的河边
白桦树向天空眺望
起伏的铅灰色的远山
雄浑而绵长
她用小手
捧起一抔白雪

笑了

啊，这一笑

竟把个沉寂的冬天

笑——活——了

夏，在山谷

夏，在山谷

清冽的涧水

沁凉了空气

茂密的丛林

嬉戏着顽皮的松鼠

在一些危而不险的地方

踏青的人

折断了几根

情趣盎然的花枝

这是深深的眷恋呵

而不是一种残酷

心，只有一颗

路，却有无数

比涧水清的是溪水

比溪水美的是瀑布

能把这无处不绮丽的风光

尽收笔端吗

哦，真是

忍也忍不住

画又画不出

雪野

曾袭来狂舞的雪
曾吹来肆虐的风
风雪杀戮后的原野
并非是一片凄清

风，割不断生命
雪，扑不灭歌声
那条蹒跚的足迹
印下了走向春天的历程

待蓝天一行大雁鸣
方知，却原来
雪是俏丽
风是峥嵘

雨西湖

西湖细雨里
一片苍茫
不见了莺飞草长
苏堤长长　白堤长长

有多少雨滴
就溅起多少幻想
西湖友人笑我
晴也寻常　雨也寻常
如此，波光水色
不尽枉然
唉，最好　西湖不是故乡

有时

有时
只拈起一枚邮票
也足以让人流泪
远方那条可爱的小船
是否　也有几分憔悴

有时
只收到一只白鸽
也很能令人陶醉
那枉称深深的海洋啊
是否　也知道羞愧

北海的夜景

春柳
垂下柔长的发丝
晚妆

风儿
吹起一层层细浪
小船　在岸边打着
瞌睡
唯有高高的白塔
很安详

那幽径　那曲廊
不知记录了
多少绿色的梦幻
有的徘恻
有的凄凉
只是当朝晖
抖落夜的幕布
清晨　又轻轻荡起了桨

一叶秋黄

不知前行
还是却步
一叶秋黄
在风中漂泊　踌躇

要割舍就割舍得彻底
要思念就思念得痛苦
为何　却偏偏
夜里结霜　晨里凝露
一条林木掩映的小径
总是若有若无

一夜

夹竹桃
在窗外轻轻摇曳
影子
在墙上一次次重叠
台灯
疲惫地睁大着眼睛
墙壁
早已累得苍白如雪

一首诗
从心头　流了出来
稿纸上
浸透着　青春和血

咏春

夏太直露
冬又不那么温柔
秋天走来的时候
浪漫便到了头

多情还夸春日
推开窗户
只一阵　清风吹来
便把心醉透

无奈却是春雨
喜上眉头偏带忧

远行，方有一种心境

夜阑人静

偶闻遥远的吠声

在这远离故乡的地方

月光清凉如水

树影婆娑如梦

思绪缓缓地流动

忆起少年往事

往事像窗外的流萤

有几多可笑　几多可恼

全被岁月——抚平

不知为什么

今夕　会想起太多

或许

远行，方有一种心境

走向天涯

月光摇曳着白茫茫的树挂

心里也没有风沙

末班车从身旁匆匆驶过

大街小巷里从剧场流淌出来的人群

早已归家

夜好静

只有我们的心绪如浪花

我们走着很少说话

喉咙如大漠般喑哑

任凭两颗相知的心

互相扶携着走向天涯

走，不必回头

走
不必回头
无须叮咛海浪
要把我们的脚印
尽量保留

走
不必回头
无须嘱咐礁石
记下我们的欢乐
我们的忧愁

走
向着太阳走
让白云告诉后人吧
无论在什么地方
无论在什么时候
我们
从未停止过前进
从未放弃过追求

赠

人们都说
命运对你格外地恩宠
你却时常忧戚
时常感到
心像幽潭里的石头一样沉重

我不敢想
如果你像那些
历经艰辛和磨难的人们
又会是怎样的呢

不过，我相信
只要不对生活期求得太多
你就会感到轻松
就会露出欢容
即使世界萧索
也自会是一片葱茏

海的温柔

寂寞的时候

便低下了头

留一个影子在身后

欢乐的时候

便抬起了眸

送一道波光在时空里走

柔情似水

总是很静很静

很静

是海的温柔

名 家 诗 歌 典 藏

忘我的境界

爱情有时

竟是那么回肠荡气

比如

英雄一怒为红颜

比如

红颜生死为知己

最热烈的爱仿佛

蕴涵着一种宁静的皈依

这种境界

是那么晶莹透明

仿佛森林中

清晨的露珠

一滴

时艰玉可作石

那路再远再难
我也不怕
只要不会在中途倒下

而该来的
就让它来吧
该发生的
就让它发生吧

时艰玉可作石
秋来叶能当花

随想

星星眨着眼睛
那是栌叶飘上了天空
夕阳照在水平面上
像秋天里的香山
火一样的红

憧憬似海里的艨艟
心境却像一叶小舟
最赏心悦目的当是
夏日池塘里
既靓且雅的芙蓉

望海

你问我为什么久久不愿离去

因为大海是我最喜欢的书籍

没有哪一本书

我能读得如此

神清气爽　心旷神怡

倾心　如不弃不离的棕榈

不能再见到你

也许　是我唯一的畏惧

有一种爱无法舍弃

就像鸟儿无法割舍自己的翎羽

淡淡的云彩悠悠地游

淡 淡 的 云 彩 悠 悠 地 游

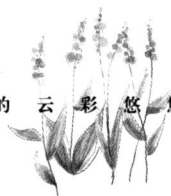

淡淡的云彩悠悠地游

爱，不要成为囚
不要为了你的惬意
便取缔了别人的自由
得不到　总是最好的
太多了　又怎得消受
少是愁多也是忧
秋天的江水汩汩地流

淡淡的雾
淡淡的雨
淡淡的云彩悠悠地游

剪不断的情愫

原想这一次远游
就能忘记你秀美的双眸
就能剪断
丝丝缕缕的情愫
和秋风也吹不落的忧愁

谁曾想　到头来
山河依旧
爱也依旧
你的身影
刚在身后　又到前头

爱你，不需要理由

爱你，不需要更多理由
只是因为暴风雪袭来的时候
你没有走
冬天的相守
便是春光的问候

跋涉中，有时路没有了
那是昭示我们
生活需要新的开始
而不表明
希望已到了尽头

春日心语

不是你的一切都喜欢
就像最佳的风景
也会留下
一点儿遗憾

或许有一点儿遗憾
你更显得真实
真实的你
在梦与现实的边缘

江水奔流长又卷
夕阳映树红万片
握你的手如握晚风
凭黄昏　任驱遣

分手以后

我想忘记你
一个人
向远方走去
或许，路上会邀上个伴
与我同行
或许，永远是落叶时节
最后那场冷雨

相识
总是那么美丽
分别
总是优雅不起
你的身影
是一只赶不走的黄雀
最想忘却的
是最深的记忆

感叹

放学了
他俩只是走在一起
走在一起
便成了一道作文题

同学先做
老师后做
家长最后做

世上
多了三篇文章
人间
少了一份美丽

感谢

让我怎样感谢你
当我走向你的时候
我原想收获一缕春风
你却给了我整个春天

让我怎样感谢你
当我走向你的时候
我原想捧起一簇浪花
你却给了我整个海洋

让我怎样感谢你
当我走向你的时候
我原想撷取一枚红叶
你却给了我整个枫林

让我怎样感谢你
当我走向你的时候
我原想亲吻一朵雪花
你却给了我银色的世界

高山流水

是去　是留
是去是留皆是愁
都是因为你啊
来得太不是时候

如果离你而去
谁能再为我弹一曲
高山流水
如果为你而留
我又怎识　天外春秋

心之域
早已是风雨满楼
你为我苍老
我为你消瘦

给我一个微笑就够了

不要给我太多情意
让我拿什么还你
感情的债是最重的啊
我无法报答　又怎能忘记

给我一个微笑就够了
如薄酒一杯，像柔风一缕
这就是一篇最动人的宣言啊
仿佛春天　温馨又飘逸

且让心愿飞

固执地把错认为是对
向你关闭了原来敞开的心扉
让无辜的你恨不得怒发冲冠
让脆弱的你恨不得流泪

如果误解难以解释
不如坦然面对时间的流水
不论花儿绽与落
且让心愿飞

美好的情感

总是从最普通的人们那里
我们得到了最美好的情感
风把飘落的日子吹远
只留下记忆在梦中轻眠

善良，不是夜色里的松明
却总能把前途照亮　热血点燃
真诚，不是春光里的花朵
却总能指示希望　把憧憬编织成花篮

往事总是很淡很淡
如缕如烟
却又令人　难以忘怀
感激总是很深很深
如海如山
却又让人　哑口无言

默默的情怀

总有些这样的时候
正是为了爱
才悄悄躲开
躲开的是身影
躲不开的　却是那份
默默的情怀

月光下踯躅
睡梦里徘徊
感情上的事情
常常　说不明白

不是不想爱
不是不去爱
怕只怕
爱也是一种伤害

妙龄时光

不要轻易去爱
更不要轻易去恨
让自己活得轻松些
让青春多留下些潇洒的印痕

你是快乐的
因为你很单纯
你是迷人的
因为你有一颗宽容的心

让友情成为草原上的牧歌
让敌意有如过眼烟云
伸出彼此的手
握紧令人歆羡的韶华与纯真

你来

你来
便有一种温暖　潜入心怀
眼睛不由发亮
额头也变得很有光彩

你来
便为青春的际遇欣喜
便为似水的流年悲哀
便知道　与其埋下悔恨
不如植下热爱

你来
清风就来
你来
海潮就来

能够认识你，真好

不知多少次
暗中祷告
只为了心中的梦
不再缥缈

有一天
我们真的相遇了
万千欣喜
竟什么也说不出
只用微笑说了一句
能够认识你，真好

前边，有一座小桥

你也沉默
我也沉默
我们中间有一条
无名的小河
默默地流着

你也不说
我也不说
任凭思念的白云
从河面上
悄然飘过

还是走吧
前边，有一座小桥
在河面上架着

让我们彼此珍重

如果，不那么爱慕虚荣
我们可以避免许多愚蠢的事情
当我们痛悔失去的太多
才发现原本不会失去的
只要心灵安谧　灵魂纯净

有时，我们迷失了路途
不是因为太笨
而是由于太过聪明
苍山郁郁　绿水悠悠
让我们彼此珍重

让我们把手臂挽起

那久违了的桉树
亲切又熟悉
那久远了的薄雾
别有一番温馨与惬意
扶着岁月的栏杆
真羡慕鸿鹄
波光上一飞千里
也感慨青山
妩媚又雄奇　万古屹立

纵然心事像桨
搅起了不尽涟漪
也别疏忽了
残冬赏雪　初夏听雨
即使阴霾去而又复返
也别错待了
生命葱茏　青春绚丽
如果面对这个
风景又风霜的世界

你的力量太单薄
那就让我们把
年轻又坚强的手臂
紧紧挽在一起

送别

送你的时候
正是深秋
我的心像那秋树
无奈飘洒一地
只把寂寞挂在枝头
你的身影是帆
我的目光是河流

多少次
想挽留你
终不能够
因为人世间
难得的是友情
宝贵的是自由

思念

我叮咛你的
你说　不会遗忘
你告诉我的
我也　全都珍藏
对于我们来说
记忆是飘不落的日子
——永远不会发黄

相聚的时候　总是很短
期待的时间　总是很长
岁月的溪水边
拣拾起多少闪亮的诗行
如果你要想念我
就望一望天上那
闪烁的繁星
有我寻觅你的
　　　　目——光

失恋使我们深刻

恋爱使我们欢乐
失恋使我们深刻
松树流下的眼泪
凝结成美丽的琥珀

笑是对的
哭也不是错
只是别那么悲伤
泪水毕竟流不成一条河

走过来
向世界说
眼睛能够储存泪水
更能够熠熠闪烁

是否

是否　你已把我遗忘
不然为何　杳无音信
　　天各一方

是否　你已把我珍藏
不然为何　微笑总在装饰我的梦
　　留下绮丽的幻想

是否　我们有缘
只是源头水尾
　　难以相见

是否　我们无缘
岁月留给我的将是
　　愁绪萦怀　寸断肝肠

无言的凝眸

走过荒原　走过绿洲
却走不出眼中那一片萧瑟的寒秋

找过江水　找过河水
却找不到那一条清冽甘甜的水流

望过星星　望过太阳
却望不着那一颗升起来便属于自己的问候

哦，纵有如歌的话语漫进心头
又怎比心中的你无言的凝眸

毛毛雨

毛毛雨翩然飘下
飘上我们热烘烘的脸颊
在一片幽长的密林下
你两潭湖水般清澈的眸子
在对我说深情的话

小路，水榭，桃花
一切都是那么美丽、安详
只有风调皮地悄悄走来
拎走了一个
在春天里萌芽的童话

爱情像一杯清茶

当你出现

爱情就像一杯清茶

来到身旁

在我眼里

那些五颜六色的饮料

没有一种

能散发永远的芳香

你笑的时候

世界仿佛也变得明亮

那拥塞的街衢

也变得很宽敞

我们一起走

走过繁华

去寻找传说中的古塔

在古塔浓重的阴影里

留下一个

闪着金色光泽的童话

名家诗歌典藏

有你的日子总是有雨

不知是无意还是天意
有你的日子总是有雨
有雨的日子我没有带伞
雨水淋在脸上湿在心里

一生中有许多相遇
最快乐的相遇是认识了你
一生中有许多过错
最心痛的过错是失去了你

我不想让心哭泣
可又怎么面对这伤心的故事
为什么　为什么
忧伤总是期待的结局

又是雨夜

因为钟情也因为留恋
一句温馨的话
便让心　浮想联翩

春花入梦　秋月入梦
积攒了四个季节的梦
拎都拎不起来了
沉甸甸

雨夜　又是雨夜
却仍然不见去年
那把淡蓝色的小伞

只要彼此爱过一次

如果不曾相逢
也许　心绪永远不会沉重
如果真的失之交臂
恐怕一生也不得轻松

一个眼神
便足以让心海　掠过飓风
在贫瘠的土地上
更深地懂得风景

一次远行
便足以憔悴了一颗　羸弱的心
每望一眼秋水微澜
便恨不得　泪光盈盈

死怎能不　从容不迫
爱又怎能　无动于衷
只要彼此爱过一次
就是无憾的人生

爱的交响

想让风牵着我的浪漫

飞向蓝色的海洋

想让海洋敞开胸襟

让我的思绪与珊瑚一起生长

想让珊瑚玲珑的手指

挂满五彩缤纷的音符

想让音符落在叮叮咚咚的琴键上

奏一曲爱的交响

爱的片段

等待
是丝丝缕缕的藤蔓
曲折蜿蜒

想念
是风吹动的露珠
婆娑泪眼

相聚
是枝头的小鸟
啁啾爱恋

分手
是掉在地上的花瓶
全是碎片

初恋

初恋　往往没有结果
但却可能是
记忆天空中
一片最美丽的花朵

尽管那一段时光
甜蜜里常浸着忧伤
心甘情愿承受的
却是折磨

可那一段时光啊
爱得最真　没有杂质
爱得最深　深不可测

你之于我

别得了从前的身影
别不了今后的伤痛
别得了南方的烟雨
别不了心中
长江之南的迷蒙

惜只惜
能忆的都是以往
恨只恨
能悔的总是曾经

我之于你
是一段
你之于我
是一生

虹

你是昨日的梦境
你是今日的憧憬
你是雨后天空那一弯绚丽
你是苍穹底下那七彩飞鸿
虹　虹　虹

你在碧水湖畔
你在青山之中
你是旅途上柳暗花明的风景
你是生命里枯木逢春的笑容
虹　虹　虹

你美轮美奂的身影
我如痴如醉的心灵
虹　虹　虹
你美轮美奂的身影
我如痴如醉的心灵
虹　虹　虹

星星是我送给你的钻石

我无法送给你贵重的礼物
因为我很贫穷
我知道贫穷并不值得炫耀
请暂且把我当作末路英雄

我想送给你的很多
但我却拥有得太少
星星是我能送给你的钻石
原野是我能送给你的花园
还有一颗心　剔透晶莹

如果这样，你还愿意和我一起
就请告诉我一声
我也想对你说
虽然，有一条路叫荆棘
可是还有一种花叫紫荆

嫁给幸福

有一个未来的目标
总有让我们欢欣鼓舞
就像飞向火光的灰蛾
甘愿做烈焰的俘虏

摆动着的是你不停的脚步
飞旋着的是你美丽的流苏
在一往情深的日子里
谁能说得清
什么是甜　什么是苦
只知道　确定了就义无反顾

要输就输给追求
要嫁就嫁给幸福

谁能让爱远航

爱只在乎相守
却不太在乎方向
放任感觉自由自在流浪
爱还有点儿像生在水边的菖蒲
根茎蕴含着香

相爱并不难
难的是像等待那样久长
我们为爱称贺举觞
爱让我们远航
可是　谁又能让爱远航

永在一起

如果你是壮丽的晨曦
不必问我的浩瀚在哪里
如果你是峥嵘的峰峦
不必问我的出岫在哪里
如果你是大漠的孤烟
不必问我的笛声在哪里
如果你是长河的落日
不必问我的奔流在哪里

我不是你的影子
但和你永在一起

我微笑着走向生活

我 微 笑 着 走 向 生 活

我微笑着走向生活

我微笑着走向生活
无论生活以什么方式回敬我

报我以平坦吗
我是一条欢乐奔流的小河

报我以崎岖吗
我是一座大山庄严地思索

报我以幸福吗
我是一只凌空飞翔的燕子

报我以不幸吗
我是一根劲竹经得起千击万磨

生活里不能没有笑声
没有笑声的世界该是多么寂寞

什么也改变不了我对生活的热爱
我微笑着走向火热的生活

热爱生命

我不去想是否能够成功
既然选择了远方
便只顾风雨兼程

我不去想能否赢得爱情
既然钟情于玫瑰
就勇敢地吐露真诚

我不去想身后会不会袭来寒风冷雨
既然目标是地平线
留给世界的只能是背影

我不去想未来是平坦还是泥泞
只要热爱生命
一切都在意料中

非得你来

有一首乐曲
已听了许多遍
因此，非得你来弹

有一个地方
已去了许多遍
因此，非得你来唤

有一本书
已读了许多遍
因此，非得你来翻

有一个名字
已念了许多遍
因此，非得你来应

不因小不忍

风雨会使我们变得强壮
挫折会使我们变得坚强
一些成熟的思想
和宝贵的品质
来自于受伤

不要害怕嘲讽的目光
也不要害怕别人的蜚短流长
许多时候
沉默就是一种最好的抵抗
水一样存在
树一样成长
不因小不忍
偏移大方向

欲望使人陌生

欲望使人陌生
一次赤裸的谈话
破坏了原来平静的
　心情
欲望
真能使友谊之花
　凋零
没有花朵的枝干
不知该是一种
什么样的表情

对别人好一点

对别人好一点
又有何妨
没有什么人
愿意拒绝善良
微笑能让人温暖
就像春天会融化冰霜
世界会因此多了些美好
送人花束　心有留香

不能失去的是平凡

总有许多梦不能圆
在心中留下深刻的遗憾
当喜鹊落在别人的枝头
那也该是我们深深的祝愿

是欢乐就与友人共享
是痛苦就独自默默承担
任愁云飘上安静的脸庞
人心永远向着善

生命可以没有灿烂
不能失去的是平凡

别等

别等
那一朵芳香的花
向你飘来
飘来了
如果已失去了风采

别等
那一簇美丽的浪
向你涌来
涌来了
如果已没有了澎湃

别等
那一缕温馨的风
向你吹来
吹来了
如果已不再透明

别等

别等
在溪水是勇敢
在青山是豪迈

生活告诉我们

蓝色的海洋
金色的沙滩
那是青春温馨的驿站
曾经走过的道路告诉我们
只要心仪　远方不远

生活还告诉我们
爱不是喜欢那么简单
牵手不是有爱就能如愿
就像不是所有的水都清冽甘甜
就像不是所有的树都绽放花瓣
我们不仅要学会争取
也要学会让时间的流水
洗去失意和忧伤
还世界一个青春焕发的容颜

必须坚强

因为向往
所以选择了远方
因为无可依靠
所以必须坚强
在前路渺茫的时候
也不放弃希望
在孤立无援的时候
靠信念支撑前进的力量
再深的水也淹不死鱼儿
再烈的火也烧不死凤凰

春天所以美好

我感到幸福

因为能让你快乐

付出的愉悦

其实，能胜过获得

谁能说得清

爱与被爱

哪一个满足更多

春天所以美好

那是因为大地开满了花朵

一切任由人说

何必解释呢
一切任由人说
无论什么样的火焰
也不能改变金子的本色

让心情轻轻松松去远方旅游
背后的一切
都留给一把锁

人生需要呐喊
有时　也需要沉默
沟渠还是沟渠
江河还是江河

只比苦难多一点

天空不会总是蔚蓝
道路不会总是平坦
生活中有一些不幸
我们必须面对
我的坚强并不多
只比苦难多一点

多一点　马就能穿过荒原

多一点　鹰就能掠过高山

多一点　骆驼就能找到甘泉

多一点　队伍就能跨越艰险

多一点啊　多一点
生活之花就能渡过寒流
开得无比绚烂

挡不住的青春

曾经有过那么多惆怅
想起往事　令人断肠
我不知道
我的追求在何方
道路在何方
问风问雨问大地
却没有一点回响
岁月无声地流淌

可是谁愿意总是这样迷惘
可是谁甘心总是这样惆怅
我要歌唱
哪怕没有人为我鼓掌
我要飞翔
哪怕没有坚硬的翅膀
我用生命和热血铺路
没有一个季节
能把青春阻挡

风不能，雨也不能……

风不能使我惆怅
雨不能使我忧伤
风和雨
都不能使我的心
变得不晴朗

坎坷
是一双耐穿的鞋
艰险
是一枚闪亮的纪念章
我是一片叶
——筋脉是森林
我是一滴水
——魂魄是海洋

谁能告诉我

有多少时光

能经得起挥霍

有多少感情

能落泪成河

有多少背叛

能让心灵不脆弱

有多少欺骗

能让信任不打折

有多少虚伪

能让真诚的心不失望

有多少流言

能让无辜的人不难过

......

所有这一切

谁能告诉我

可以不是

可以不是作家
但要留下不朽的作品
可以不是画家
但要留下传世之画
可以不是音乐家
但要留下动人的音乐
可以不是伟大
但要让质朴闪烁光华

还是未来

这个世界变化太快
让人记不住昨日的精彩
仿佛一支
不断前行的船队
掉队了　便预示着一种悲哀

船已远离了岸
置身于海
远方不仅是生存的土地
还是未来

或许

或许　我们纯真的愿望
终归只能成为一个美丽的梦想

或许　走遍了万水千山
依然找不到太阳升起的地方

或许　正是前路漫漫
才使我们又是神往　又是忧伤

或许　正因为我们
并没有被许多或许羁绊
生命才会变得
勃勃茂盛　不可阻挡

即便成功使我们声名远扬

即便有一天
成功使我们声名远扬
我们又怎能忘却
心中的梦想
怎能忘却　昨夜窗前
那簇无语的丁香

大路走尽　还有小路
只要不停地走
就有数不尽的风光
属于鲜花　微笑　和酒杯
怎比得属于原野　清风　和海洋

相知不在于距离

相知不在于距离
也许　这是网络创造的
一个奇迹
深知却必须走近
还要披挂上时光的蓑衣

过去的一切
能铭刻的寥寥无几
属于这寥寥无几的
都是最魅人或最烦人的记忆

心灵的天空

是谁拉响了凄婉的琴声
让城市的夜晚也变得迷蒙
丁香花寂寥地开了
那花儿绽放的声音
有谁能听得懂

生命总是在与命运抗争
无不是为了争取一个更好的前程
如果忧郁时能有琴声相伴
这算不算是一件绮丽的事情

刺骨是风　清凉是风
谁也不会拥有
一成不变，心灵的天空

希望的胚芽

坐看夕阳

夕阳里有海鸥飞翔

和水面上

燃烧着的波光

浪在礁石上开花

一朵又一朵

彼伏此起怒放

原来，石头上也并非

什么都不能生长

有希望的胚芽

就一定有找到绽放的土壤

我希望

我希望
吹来的是没有沙尘的风
我希望
看到的是无须表扬的感动
我希望
能领略没有胭脂的风情
我希望
能欣赏花团锦簇中的青衣素容
我希望，真的希望
能倾听没有噪音的天籁之声

假如你不够快乐

假如你不够快乐
也不要把眉头深锁
人生，本来短暂
为什么　还要栽培苦涩

打开尘封的门窗
让阳光雨露洒遍每个角落
走向生命的原野
让风儿熨平前额

博大可以稀释忧愁
深色能够覆盖浅色

寂寞的是心

烟雨迷蒙　江南瘦
暂系轻舟
重登高楼
再斟那别恨离愁

寂寞的是心
不寂寞的是歌喉
不想垂泪　不思伴奏
只恨不能喝干那一天风露

跨越自己

我们可以欺瞒别人
却无法欺瞒自己
当我们走向枝繁叶茂的五月
青春就不再是一个谜

向上的路
总是坎坷又崎岖
要永远保持最初的浪漫
真是不容易

有人悲哀
有人欣喜
当我们跨越了一座高山
也就跨越了一个真实的自己

路灯

街边，站立着一盏盏路灯
路灯的手
碰弯了一个个思绪
路灯的眼
拉直了一道道身影

在橘黄色的灯晕里
雪花，愈发闪亮
细雨，愈发迷蒙

一个个孩子
在高高的灯柱下长大
一个个故事
在淡淡的灯影里出生

朋友，请听我说
有灯的地方
一定会有路
有路的地方
不一定会有灯

留言

我走了
是为了以一个崭新的
面貌回来
就像树木抖落了黄叶
是为了春天以更葱茏的形象
走向大地的期待

我会一切很好
心中更有一份挚爱
如果，你相信我是雪
那么，也请相信
当我飘落下来
一定和从前一样洁白

你就是你

如果你是大河
何必在乎别人把你说成小溪

如果你是峰峦
何必在乎别人把你当成平地

如果你是春天
何必为一瓣花朵的凋零叹息

如果你是种子
何必为还没有结出果实着急

如果你就是你
那就静静微笑　沉默不语

年轻真好

我们一同用心捧起晶亮的雨滴
我们一起用手挽住飘逸的长风
我们在春天的原野默默祝愿生命与永恒

那云朵的洁白是我们真挚的过去
那湖水的丰盈是我们蓄满的深情
那空气里激荡着的是我们露珠般闪烁的笑声

羡慕我们吗　二月还有十月
嫉妒我们吗　大地还有天空
我们为这个季节的烂漫深深感动
年轻真好　真好年轻

如果你选择了路

如果你选择了路
我便选择河流
你有坚韧的双脚
我有破浪的轻舟

我不想跟随你走
是因为我不愿落在人后
原谅我吧
虔诚不够　崇拜不够

你有你的烂漫
我有我的锦绣

让生命和使命同行

我们像金鸰一样
不知疲倦地飞行
在我们飞过的地方
没有留下姓名
没必要让所有的心
都懂得我们
我们飞啊　飞个不停

我们像一支响箭
一往无前的出征
我们不是风中的墙头小草
摇摆不定
我们出征
让生命和使命同行

日晷

日晷已成了遗迹
只是用来说明某些道理
历史在不断地演变
留下的是些筛了又筛的记忆

没有人烟之处
草木萋萋
车水马龙的地方
少了些自然和真实

日晷无言
有声有色的是人世间的
来来去去

生活

你接受了幸福
也就接受了痛苦
你选择了清醒
也就选择了糊涂
你征服了别人
也就被别人征服
你赢得了一步
也就失去了一步

你拥抱了晨钟
怎么可能拒绝暮鼓

倘若才华得不到承认

倘若才华得不到承认
与其诅咒　不如坚忍
在坚忍中积蓄力量
默默耕耘

诅咒　无济于事
只能让原来的光芒黯淡
在变得黯淡的光芒中
沦丧的更有　大树的精神

飘来的是云
飘去的也是云
既然今天
没人识得星星一颗
那么明日
何妨做　皓月一轮

问琴什么做弦

每一次生命的变迁
都是由于一个难以拒绝的召唤
蓦然回首的灵感
照亮了写给未来的信笺

我们曾问过地也问过天
这个世界
是否因为你我的出现
而有了多多少少的改变

山已经很近　海依然遥远
真羡慕海不是文字却是诗篇
问笔什么做墨
——能在时间的画布上蔓延
问琴什么做弦
——能在空间的风景里飞旋

我不期望回报

给予你了
我便不期望回报
如果付出
就是为了　有一天索取
那么，我将变得多么渺小

如果，你是湖水
我乐意是堤岸环绕
如果，你是山岭
我乐意是装点你姿容的青草

人，不一定能使自己伟大
但一定可以
使自己崇高

许诺

不要太相信许诺
许诺是时间结出的松果
松果尽管美妙
谁能保证不会被季节打落

机会，凭自己争取
命运，靠自己把握
生命是自己的画板
为什么要依赖别人着色

选择

你的路
已经走了很长很长
走了很长
可还是看不到风光
看不到风光
你的心很苦　很彷徨

没有风帆的船
不比死了的强
没有罗盘的风帆
只能四处去流浪
如果你是鱼　不要迷恋天空
如果你是鸟　不要痴情海洋

成功是出色的平凡

不要急于成佛成仙
也许我们应该按部就班
踏踏实实埋下每一粒种子
认认真真过好每一天

你也许期待
粉荷盈香　花羡木怜
你也许期待
玉树临风　如日中天

其实　成功很远也很近
成功是出色的平凡

插曲

晕眩的开始

辛酸的结束

中间都是

路一样的付出

还有　激情遭遇激情

生命的挥霍无度

本想海枯石烂

没想却应了一句老话

于是　俩人背向而行

一步一步丢了幸运　盼着幸福

后人遗忘的事情

既然过于普通
就不要指望沧桑
把平庸变成古董
即便有一天成了
古董
也不要奢望价值连城
今日的珍宝
岁月会使她变得更加璀璨
而那些美妙的一厢情愿
早已成了一些
被后人遗忘的事情

生活美好

让心灵被诗歌照耀
让音乐流进细胞
让花儿在眼前开放
嗅一嗅春天的味道
生活美好

让烦恼在秋天枯萎
让阴郁像烟尘散掉
让自卑落叶一样流走
听一听百鸟的啼叫
生活美好

让幻想被现实代替
让向往耸起更高的目标
让心愿像一只永生的太阳鸟
看一看自然的美妙
生活美好

闪光的生命不易老

裂变的情感
仿佛夏日隔夜的盛宴
味道已变
样子也不再好看
既然已准备倒掉
又何必留恋

珍惜生活
努力活得像星星一样璀璨
闪光的生命不易老
它总是那么光彩
灿烂在岁岁年年

死去的生

再精致的鸟笼
也是鸟笼
笼中鸟的生活
简直是一种死去的生
伤肝伤肺怎比得了伤心
肌疼肤疼怎比得了心疼
那样一种悠闲
仿佛是流亡的总统
看似轻松　实是沉重
没完没了的辛酸
常常是袭上心头的内容